An einem regnerischen Tag

Novelle

Rüdiger Schneider

An einem regnerischen Tag

Bibliografische Information der Deutschen
Nationalbibliothek: Die Deutsche
Nationalbibliothek verzeichnet diese Publikation in
der Deutschen Nationalbibliografie; detaillierte
bibliografische Daten sind im Internet über
http://dnb.d-nb.de abrufbar.

Coverfoto: www.shutterstock.com Dusan
Milenkovic

Herstellung und Verlag: BoD- Books on Demand,
Norderstedt

ISBN: 9783750406384

Handlung und Personen sind frei erfunden, etwaige Ähnlichkeiten rein zufällig.

„Eine Geschichte muss erlebt oder sogar erlitten sein. Dann darf man sie anpacken und formen. Wobei sie unter dem Gesetz der Kunst und der Dramatik steht. Das ist Literatur!" *Alberto Pioletti*

1

Soviel gekotzt hat er schon lange nicht mehr. Schön, dass der Regen draußen es vom Bürgersteig in die Straßenrinne spült. Vor ein paar Minuten ist er aus dem Krankenhaus geflohen, wo sie ihn hingebracht hat. Er fühlt sich verlassen wie ein Kind, dem die Mutter entlaufen ist. Sie ist seine Freundin. Lena heißt sie.

Der Zonser Ziegenbock fällt ihm ein. Den hatte sie in der Festung am Rhein als Mädchen auf die Wiese führen müssen, wobei er sie immer von hinten gestoßen hat. Der Grund ist einfach. Er wollte neben ihr gehen und nicht am Strick gezogen werden. Aber das hat sie nicht verstanden. Er jedoch versteht jetzt den Bock, kotzt noch einmal in die Rinne und spricht ihn heilig.

Das Gefühl der Verlassenheit macht ihn ungerecht. Aber er ahnt es schon. Sie wird ohne ihn wegfliegen. So wie sie es angekündigt hat. Jetzt hat sie ihn hundert Kilometer von Bad Breisig nach Neuss ins Krankenhaus gefahren, wo es eine spezielle Abteilung für Herzangelegenheiten gibt. Eigentlich müsste er dankbar sein, dort in der Kardiologie so rasch einen

Platz bekommen zu haben. Er hat eine Mitralklappeninsuffizienz. NYHA III. Das ist eine Skala der New York Heart Association. Die geht bis IV. Er ist also vor der letzten Stufe. Ein Herzkatheter soll ein genaueres Bild bringen. Über Arm oder Leiste führt man einen Schlauch bis zum Herz, spritzt ein Kontrastmittel und kann Herzstrukturen und Gefäße auf dem Röntgenschirm besser sichtbar machen. Wie man es von Beipackzetteln bei Medikamenten kennt, kann auch eine solche Untersuchung ihre Risiken haben.

Angst hat er auch vor der Diagnose. Was, wenn es nicht nur die Klappe ist? Wenn es heißt: „Ihr Herz ist abgenutzt. Sie brauchen ein neues."

Im Krankenzimmer sitzt er stundenlang neben seinem Bett auf einem Stuhl, zieht sein Jackett nicht aus. Die Vorstellung, dass man an seinem Herzen herummacht, wird immer schlimmer. Dazu stellt sich das Gefühl kommender Verlassenheit ein. Bis er es nicht mehr aushält. Wie ein seelischer Tsunami schlägt es über ihm zusammen. Er steht auf und geht. Seinen Rucksack lässt er zurück. Sein Smartphone hat er ausgeschaltet. Er ist nicht mehr erreichbar. Abgemeldet im Krankenhaus hat er sich nicht. Er ist geflohen, verschwunden. Das Krankenhaus wird bei der Polizei eine Vermisstenanzeige aufgeben.

Am Parkplatz des Krankenhauses steigt er in ein Taxi, lässt sich zum Neusser Bahnhof fahren. Beim Umsteigen in Köln vertut er sich, fährt statt linksrheinisch rechtsrheinisch Richtung Koblenz, steigt in Koblenz wieder um. Es geht linksrheinisch zurück nach Bad Breisig. Am Bahnhof dort versagt die Tür. Er kommt nicht raus. Der Zug fährt an und es geht weiter nach Sinzig. Von dort wieder zurück nach Bad Breisig.

In der Gaststube einer Tennishalle hockt er sich an die Theke. Mit wieviel Bier weiß er nicht mehr. Irgendwann bringt ihn ein Taxi zu seiner Wohnung. Es regnet, regnet, und der Regen hört nicht auf. Es ist ein scheußlicher Tag im Oktober.

2

Ob die Gnade einer späten Liebe jetzt verloren geht? Er ist schon siebzig, sie laut Geburtsurkunde drei Stunden jünger. Vor vier Jahren erst hatten sie sich kennengelernt. Also in einem Alter, in dem man so leicht nichts mehr findet. Man wird misstrauisch, vorsichtig, ist nicht mehr so offen für Neues, ist vielleicht festgefahren in Gewohnheiten, hat die Leichtigkeit der Jugend verloren, hat vielleicht endlich nach einer langen Ehe den Weg in die Eigenständigkeit gefunden. Man kann sich nicht mehr so einfach an einen neuen Partner gewöhnen.

So ist es gut, dass sie zwei getrennte, aber nahe beieinander liegende Wohnungen haben. Die Schlüssel haben sie ausgetauscht. Meistens hockt er bei ihr. Frauen verstehen sich auf die gemütlichere, wärmere Einrichtung. Besser kochen können sie auch. Darin ist sie ein Genie. Sie zaubert Sachen, dass man den ganzen Tag essen möchte.

An diesem Regentag aber lässt er sich mit dem Taxi nicht zu ihr fahren, sondern eben in seine Wohnung. ‚Felix Degenhardt' steht dort auf dem Klingelschild. Beim Aufschließen der Haustür wirft er einen Blick darauf. Ein bitteres Lächeln verzieht ihm die Mundwinkel. Felix heißt ‚der Glückliche'.

Er öffnet den Kühlschrank, der mit Getränken gut gefüllt ist. Neben etlichen

Flaschen Bier stehen da auch noch zwei Flaschen Wodka. Darüber macht er sich her, schläft irgendwann ein. Nach zwei Tagen wird er wach, taumelt in den neuen Tag, erinnert sich, dass er aus dem Krankenhaus geflohen ist. Darüber wird sie erschrocken sein. Vielleicht auch nicht. Warum kommt sie nicht? Sie müsste doch wissen, wo er ist. Warum ruft sie nicht an? Da fällt ihm ein, dass er sein Handy ausgeschaltet hat. Den ganzen Tag zögert er, es wieder einzuschalten und wenigstens die Mobilbox abzuhören. Als er es einen Tag später endlich einschaltet, erfährt er, dass sie nach Marokko geflogen ist. Die SMS stammt noch nicht einmal von ihr selbst, sondern von ihrer spanischen Freundin. Warum fliegt sie weg, genau dann, wenn er ihre Unterstützung und Gegenwart am meisten braucht?

Ein Wirbel von Gefühlen überkommt ihn. Es ist, als falle man in ein tiefes Loch. Alles liegt im Widerstreit. Angst, Liebe, Wut, Enttäuschung, Rache. Dazu das Selbstmitleid, das Bedauern krank zu sein. Sonst hätte er ihr schreiben können: „Flieg du nach Marokko, ich nach Bangkok!" Aber das geht in seinem Zustand nicht. So folgt also zunächst als SMS ein

Trommelfeuer widersprüchlicher Sätze, Aussagen, Absichten. Was spiegelt die erste SMS? Angst oder Liebe? Er schreibt: „Alles, wenn du willst, ist eine Heirat. Ich will."

Ob sie das wirklich will, weiß er nicht. Manchmal hat sie davon gesprochen. Er hat dazu geschwiegen. Ob eine Heirat gut gegangen wäre? Unter einem Dach zusammenleben? Er hatte Zweifel. Sie sicherlich auch. Dazu war alles nicht stabil genug. Neben einer wohltuenden Harmonie hatte es immer wieder Abschnitte eines Zerwürfnisses gegeben. Zurückgezogen hatte dann stets er sich. Aber sie hatte, aus seiner Sicht, den Anlass gegeben. Wusste sie, wie er reagieren würde? Mit Flucht. Dann hatte sie wieder den Freiraum, den sie brauchte. Sie meldete sich nicht bei ihm, wusste, irgendwann käme er wieder. So war es auch. Ohne sie hielt er es nicht lange aus.

Sie antwortet nicht auf die SMS. Ist es ein kaltes Schweigen? Jetzt bricht bei ihm die Rache durch. Er schreibt: „Ich fahre mit Marie an die Nordsee!" Marie gibt es wirklich. Das weiß sie. Aber auch hier kommt keine Reaktion.

Er wirft ihr Lieblosigkeit vor und schreibt etwas später: „Catherine hat sich in den letzten Tagen als warmherzige Freundin erwiesen!" Aber auch darauf antwortet sie nicht. Wahrscheinlich hat sie ihr Handy beim Kamelreiten verloren.

3

Die große, blonde, schlanke Catherine. Er hat mit ihr manchmal Tennis gespielt. Nur das. Aber jetzt? Er ruft sie an, erzählt ihr von seinem Zustand. Sie wird kommen.

„Ich habe nichts mehr zum Essen", sagt er. „Aber bring bitte auch zwei Flaschen Portwein mit. Und zehn Päckchen Tabak. Und Filterhülsen."

Selber einkaufen kann er nicht mehr. Er ist klapprig geworden, der Gang unsicher. Die Hände zittern so, dass er an der Kasse nicht mehr bezahlen könnte. Es ist der siebte Tag nach seiner Flucht. Zum Essen braucht er nichts. Darauf hat er keinen Appetit. „Wie viele Tage kann man eigentlich ohne Essen überleben?" fragt er sich. Er weiß es nicht. Es ist ihm egal. Bier hat auch Kalorien. Aber jetzt ist der

Kühlschrank leer und auch der Kasten auf dem Balkon.

Er sehnt sich nach warmer weiblicher Haut, als wäre es die Erlösung aus der Misere. Ein paar Stunden später kommt sie mit ihrem roten Porsche, bringt Brot, Aufschnitt, Dosen mit Hühnersuppe und ein paar Flaschen Wein mit. Sie stellt alles in der Küche ab, setzt sich dann zu ihm auf das Sofa.

„So, jetzt erzähl mal alles", sagt sie. „Was ist passiert?"

Er antwortet nicht. Stattdessen vergräbt er seinen Kopf in ihrem Haar, spürt, wie sein Herz ruhiger wird. „Es ist schnell unterwegs!" hatte ein Kardiologe bei einer ersten Schalluntersuchung gesagt. Jetzt beruhigt es sich. Lange bleibt sein Kopf auf ihrer Schulter liegen. Mehr passiert nicht. Sie ist verheiratet. Er kennt ihren Mann und kommt mit ihm gut aus. Außerdem würde sie so etwas nie tun. So bleibt sein Kopf nur auf ihrer Schulter liegen, ab und zu vergräbt er sich wieder in ihrem Haar. Dass sie das aushält! wundert er sich. Er hat sich seit sieben Tagen nicht mehr gewaschen, nicht geduscht, nicht die Zähne geputzt, nicht den Pullover gewechselt, nichts gewechselt, sich nicht rasiert, stinkt wahrscheinlich wie ein vergessenes Suppenhuhn. Er ist auf einem Weg wie der Bärenhäuter im Grimmschen Märchen.

Als er sich endlich von Catherine gelöst hat, beugt er sich nach vorne, stemmt die Ellenbogen auf den Couchtisch, stützt den Kopf auf die Hände und murmelt:

„Jetzt weiß ich endlich, was Karma ist. Vor vielen Jahren habe ich ja ähnlich gehandelt. Es schlägt zurück. Was also soll ich ihr vorwerfen?"

Als Catherine gegangen ist, überfällt ihn eine tiefe Traurigkeit. Er fürchtet sich vor der Einsamkeit. Sie kriecht an ihm hoch, nagt, zermürbt, ist tödlich. Wie soll man es alleine aushalten in einer möbliert gemieteten Zweizimmerwohnung? Überhaupt ist alles so anonym in dem ganzen Straßenzug, wo er wohnt. Ist das eine typisch deutsche Eigenart? Wie kann man dem entfliehen?

Im Moment aber kann er gar nichts. Er stürzt noch tiefer. Die Flaschen, die er leert, stapelt er in der Dunkelkammer. Die Dunkelkammer ist eine kleine Gästetoilette, die er sich zu einem behelfsmäßigen Fotolabor umgebaut hat. Er fotografiert analog, hat eine alte Kamera von 1850. Sie ist aus Holz mit einem ausziehbaren Balgen, einem glänzenden Messingobjektiv und einer großen Mattscheibe hinten. Dazu ein altes Holzstativ. Wenn er mit der Ausrüstung in der Landschaft unterwegs ist, muss er die Kamera zu Hause vorbereiten, mit Fotopapier ISO 10. Draußen kann er dann nur eine einzelne Aufnahme machen, muss sich dazu ein schwarzes Tuch über den Kopf werfen, damit das Bild auf der Mattscheibe erkennbar ist. Er fotografiert nur einmal. Die Wanderer, die vorbeikommen, knipsen ihn mehrfach. So etwas kennt man im digitalen Zeitalter nicht mehr. Er aber hasst das Digitale. Es macht die Welt anonym. Das Analoge ist ihm lieber. Das Fotopapier mit der Landschaftsaufnahme entwickelt er unter Rotlicht. Es ist schön zu sehen, wie sich mehr und mehr die Konturen zeigen.

Die ganze Nacht lässt er den Fernseher an, um Stimmen und Bilder im Zimmer zu haben. Was da läuft, ist ihm egal. Einmal kommt eine Reportage ‚Die Farben der Wüste'. Er schaltet sofort um.

4

Die weibliche Wärme in der Nacht fehlt. Jetzt weiß er, was für ein Geschenk das war. Er schläft wenig, schreckt oft hoch. Manchmal ist es ein Schlaf, bei dem er Angst hat, dem Tod entgegen zu sinken. Er grübelt über Lena. Die Phasen wechseln zwischen Zorn, Verständnis und einem Gefühl der Verlassenheit. Sie hat doch seinen Wohnungsschlüssel. Warum ist sie nicht gekommen? Kann sie sich nicht denken, wo er ist? Kann sie nicht nachempfinden, wie es in ihm aussieht? Ist es ihr egal? Ist sie vielleicht sogar froh, dass er aus dem Krankenhaus geflohen ist und das Handy abgeschaltet hat? So kann sie sagen: „Er versteckt sich, will gar nicht erreichbar sein. Was soll ich machen? Also kann ich jetzt zuerst nach Spanien und dann nach Marokko." In Spanien, das weiß er, hatte sie eine Affäre. Hatte? Auch die Eifersucht nagt an Degenhardt. Sie ist gerne alleine unterwegs. Da muss man Vertrauen haben. Hat er das noch?

Das Handy hat er nach seiner Flucht abgeschaltet, um dem Druck auszu-weichen. Sie hat ihm klargemacht: „Du musst das im Krankenhaus machen lassen, sonst bekomme ich Panik."

Heißt das: „Dann geht mit uns nichts mehr?" Ist es wirklich Panik oder etwas ganz anderes?

Was ist das für eine Liebe, die einen so unter Druck setzt? Andererseits konnte er sich selbst auch fragen:

„Was bin ich für ein Idiot, wenn ich das nicht machen lasse? Sie will ja noch ein paar schöne Jahre mit mir erleben, wie sie gesagt hat."

„Nur die schönen Jahre?" fragt er sich. Andererseits: „Wer will mit so einem Idioten zusammen sein, der die Vernunft ignoriert und auf den Suizid zuläuft? Mit einem Herzfehler ist nicht zu spaßen."

Die schönen Jahre will er auch. Natürlich. Aber darf man wegfliegen, wenn es dem anderen nicht gutgeht? Sicher darf man das. Aber wird dann die Liebe nicht fragwürdig, brüchig? Der Spruch: „Ich will mit dir alt werden." entlarvt sich als Phrase. „Dann nämlich", so sagt er sich, „bleibt sie nur so lange bei dir, so lange es dir gut geht."

Verstehen kann er das. Sie hat ja eine Vergangenheit und Ähnliches schon einmal erlebt. Noch einmal? Nein.

Er stellt sich den Fall umgekehrt vor. Sie flieht aus dem Krankenhaus. Würde er dann wegfliegen? Niemals. Kein Land der Welt hätte ihn von ihr weggelockt. Er würde warten, sie suchen. Er würde verstehen, wie es in ihr aussieht. Er hätte in ihrer Wohnung nachgeschaut. Wo soll sie in einem solchen Zustand schon sein! Würde die Liebe sich nicht so verhalten?

Die Schulmedizin muss nicht unbedingt recht haben. Gerade bei Angelegenheiten des Herzens. Er ist zwar ein Idiot, aber nicht so ganz. Er kennt das von der Pharmaindustrie geleugnete Strophantin. Das g-Strophantin, nicht das mit dem k davor. Ein afrikanisches Heilkraut mit zartrosa Blüten. Es war lange sogar führend in der deutschen Herzmedizin, bis die Pharmaindustrie es weggekegelt hat. Operationen und teure künstliche Medikamente bringen mehr Geld. Ein Krankenhaus ist auch ein Industriebetrieb. Ohne Profit geht nichts. Die langen Flure mit den Zimmern könnte man mit einem Kaninchenstall vergleichen. Auch mit diesen Überlegungen ist Degenhardt geflohen. Es war nicht nur Panik. Aber klammert er sich mit dem Strophantin nicht an einen Strohhalm?

Denn was macht man bei einem Klappenfehler? Ist das nicht etwas Mechanisches, das sich nicht mit einem Heilkraut beheben lässt? Kann man ein kaputtes Auto durch Beten reparieren?

Felix Degenhardt hat viele Fragen und Probleme am Hals. Lena, die Liebe, die Operation am Herzen, die Einsamkeit, die Angst, die Schlaflosigkeit und die Trunksucht. Er ist zittrig und wackelig geworden. Auto fahren kann er nicht mehr. Aber telefonieren. Täglich bestellt er sich eine Pizza und drei Flaschen Rotwein. Die Pizza legt er in seine große Kühltruhe. Die Rotweinflaschen bleiben auf der Küchentheke. Ist ihm mehr nach Bier zumute, ruft er beim Chinesen an. Der bringt ihm dann zwei Sixpacks Tsingtao-Bier. Das Huhn mit Curry braucht Degenhardt nicht. Er hat keinen Appetit. Den hatte er nur bei Lena.

5

So vergehen die Tage. Draußen regnet es. Meist ist es grau. Nur selten scheint die Sonne. Mehr als zwei Wochen sind vergangen seit seiner Flucht. Zwei Wochen nur im Zimmer hocken. Wer hält das aus? Ab und zu kommt Catherine, bringt Nachschub.

„Mein Gott, bist du abgemagert!" sagt sie. „Du siehst müde aus."

Das Glas mit dem Wein kann er nicht mehr mit nur einer Hand an den Mund führen. Er muss beide Hände nehmen, um nichts zu verschütten.

Sie will mit ihm zu einem Weinfest fahren. „Ich bin nicht ausgehfähig", sagt er.

Menschen machen ihn nervös. Er wird scheu. Ist das ein Effekt der Einsamkeit, der Isolation? Paradox.

Ein ganzes Kaleidoskop ist in seinem Kopf. Bitte keine Ablenkung! Da sind nämlich noch ganz andere Fragen, die ihn bedrängen. Tod, Religion, Sinn des Lebens. Er braucht kein Weinfest und das übliche Geschwätz. Von den drei großen Religionen Buddhismus, Christentum, Islam scheidet die letztgenannte für ihn aus. Er kennt den Koran und darin gibt es Passagen, die er ablehnt. Bleiben zwei Religionen. Christentum und Buddhismus. Ist der Buddhismus nur eine Philosophie und das Christentum eine Märchenwelt? Wie soll er das klären? Er weiß es nicht.

Man müsste ein tibetisches Bewusstsein haben. Wo und wie soll er das in dieser westlichen Welt bekommen? Wie es finden in einer blödsinnigen Umgebung, der er selber angehört und deren schlimmstes Mitglied er ist? Er weiß es nicht. Und vor allem: Wo ist Gott? Gibt es ihn? Wie soll man das wissen? Aber ohne ihn geht es nicht. Was ist Glaube? Das ist kein Hemd, das man sich anziehen kann. Sich den rational zu erwerben geht auch nicht. Es geht nur über Emotionen. Über welche? Diese Hilflosigkeit!

Er hält die Isolation kaum noch aus. Wenn er doch wenigstens noch Kontakt zu anderen weiblichen Stimmen hätte! Telefonisch. Und dann sehen, was daraus wird.

Im Internet meldet er sich beim DatingCafe an. Schreiben und Telefonieren kann er trotz der Trunkenheit. Darin ist er so gut wie Lena beim Kochen. Er benutzt das Pseudonym ‚Aladin49'.

Ein aktuelles Foto kann er nicht hochladen. Das wäre abschreckend. Er nimmt eins von vor fünf Jahren. Da war er gut gelaunt auf dem Jakobsweg. Braungebrannt, lächelnd, die Sonnenbrille auf die Stirn gezogen. Bei den Daten bleibt er korrekt. Geburtsdatum 12.2.1949, Wassermann also, Größe 1,85. Gewicht 82. Jetzt ist es gewiss weniger. Aber das kann er ja wieder zulegen. Die Haare sind graumeliert. Zumindest an den Seiten. Oben hat er keine mehr. Die Augen blau. Auch den Beruf gibt er an. Den ehemaligen. Buchhändler. Da hatte er noch den kleinen Laden in Bonn-Beuel. Zu seinem Einkommen muss er nichts sagen. Schmale Rente eben. Wie bei vielen in dieser Altersgruppe. Im Profiltext bleibt er knapp.

„Ich suche eine warmherzige Freundin, Partnerin, Frau. Das auch im sogenannten Herbst des Lebens. Kommunikation zunächst telefonisch. Danach weiter kennenlernen. Entfernungen sind für mich unwichtig."

„Entfernungen sind für mich unwichtig." Das ist überheblich. Entfernungen kosten Zeit und Geld. Die Damen könnten auf die Idee kommen, sie hätten es mit einem reichen Mann zu tun. Das mit den Entfernungen stimmt nur, wenn es so richtig knallt und der Blitz einschlägt. Aber in seinem Alter? Da begegnet man sich doch eher im Breisiger Kurpark mit dem Rollator. Wer fährt oder fliegt schon für ein erstes vages Rendezvous viele Kilometer? Die meisten Internetbekanntschaften gehen schief und man kehrt enttäuscht nach Hause zurück. Aber er will ja nur telefonieren, eine weibliche Stimme am Hörer haben. Sehen lassen kann er sich in seinem Zustand sowieso nicht. Und ob er jemals wieder die Kurve bekommt, ist fraglich. Was soll die Dame davon halten, wenn er beim ersten Kaffeetrinken den Zucker neben die Tasse schüttet und sich mit roten Augen entschuldigt? Wer tut sich so etwas als Partner an? Aber jetzt, jetzt will er ja nur telefonieren und Mails schreiben.

Den ersten Kontakt nimmt er auf mit Irina Ermatova. Sie kommt aus Moskau und ist seit 30 Jahren Wahlberlinerin. Rundfunkjournalistin. In ihrem Profil gefällt ihm der Satz: „Warmherzige Frau sucht niveauvollen Mann. Ich schätze sehr die Wärme der Beziehung in Zeiten der großen Nicht-Liebe."

„In Zeiten der großen Nicht-Liebe." Was für eine Wendung! Felix Degenhardt stimmt dem sofort zu. Genauso fühlt er sich auch. Wie ein Vögelchen im Nest, das von seinen Eltern verlassen wurde und das noch nicht fliegen kann. Gleich kommt die Katz!

Er schickt einen Sympathieklick, schreibt eine kurze Mail. „Erscheinung und Text gefallen mir!"

Auf dem Foto lächelt sie warmherzig. Das ist genau das, was ihm guttut. Sie ist 65 Jahre alt. Aber auf das Alter kommt es sowieso nicht an. Er will ja nur die Stimme hören. An den Vorschlag eines Treffens, falls sie überhaupt antwortet, wird sie nicht denken. Berlin ist zu weit weg.

6

Seine Stimmung geht weiter den Bach hinunter, falls sie überhaupt noch tiefer gehen kann. Die Wut auf Lena ist der Traurigkeit gewichen. Nur die Vorstellung, dass sie in der Sonne über marokkanische Märkte geht, während er mit einem Klappenfehler in seiner Wohnung hockt und aus dem Fenster in einen grauen Himmel blickt, weckt in ihm noch einen leisen Zorn, eine Missgunst, wie er sich eingestehen muss. Es heißt zwar, wer sich liebt, wünscht dem anderen nur Gutes. Aber in dieser Situation? Da wird man schnell gemein. In den ersten Tagen hat er ihr noch gewünscht, sie möge vom Kamel fallen.

Die Traurigkeit aber überwiegt. Wie kann man nur so blöd sein, all das Schöne und Gemeinsame, das man erlebt hat, in den Wind zu schießen!? Was soll danach noch kommen? Kaffeetrinken im Seniorenheim. Residenz Rosenblüte.

Und dann ziehen all die Bilder der gemeinsamen Erlebnisse vorbei und machen den Verlust noch spürbarer. Die Fahrten durch Frankreich. Die Auvergne. Die Stationen Aubrac und Lavoûte-Chilhac. Die Fahrt über die Pyrenäen. Einmal über Saint-Jean-Pied-de-Port und Roncesvalles auf den Spuren des Jakobsweges. Ein anderes Mal über den Somportpass. Die lange Fahrt durch Spanien. Endlich sah man bei Granada die schneebedeckten Gipfel der Sierra Nevada und dann ging es der Küste entgegen zur Costa del Sol. Und viele, viele Bilder mehr. Er hatte sich neben ihr und mit ihr immer wohlgefühlt.

„Es hat keinen Sinn, sich mit diesen Bildern zu quälen", sagt er sich. „Sie ziehen mich noch mehr runter. Lost paradise! Aber woran, verdammt noch mal, liegt es, dass diese Beziehung ab und zu ihre On-Off-Punkte hat? Brauchen wir Abwechslung, damit es wieder interessant wird? Benutze ich den Konflikt, um einen Anlass zum Saufen zu haben? Nachher weiß man gar nicht mehr, worum es ging."

Er geht zum Kühlschrank, holt sich an diesem Abend die zehnte Flasche Bier, geht wieder ins Wohnzimmer, öffnet die Flasche mit dem Feuerzeug. Der Kronkorken fliegt auf den Teppich, bleibt dort liegen. Warum muss er nur immerzu an sie denken? „Drop the thought!" sagt der Dalai Lama. Lass den Gedanken einfach fallen! Aber wie macht man das? Ihm gelingt das nicht. Wahrscheinlich muss man dazu erst drei Jahre in einem tibetischen Kloster meditiert haben. „Dann sag' ich eben ‚Open the bottle!'"

Ab und zu legt er die Hand auf seine linke Brust, fühlt, wie sein Herz schlägt. Der Schlag ist ruhig und gleichmäßig. Aber was heißt das schon? Sie haben ihn verunsichert. Infarktgefahr. Das macht ihn, wenn er daran denkt, nervös. Vielleicht hatte er den Klappenfehler schon von Geburt an. Wäre er doch bloß nicht zum Arzt gegangen. Dann wäre er jetzt auch in Marokko oder Spanien. Mit ihr. Wahrscheinlich liegt sie jetzt vor einem Beduinenzelt und schaut sich in der Wüste den Sternenhimmel an. Schön muss der sein. Ganz anders als hier. Er geht auf den Balkon, auf diese fünf Quadratmeter Freiheit nach draußen, sieht nach oben. Nichts. Wenigstens regnet es nicht mehr. Ausnahmsweise.

Wem ist er heute begegnet? Niemandem. Mit wem hat er gesprochen, wenigstens telefonisch? Mit keinem. Auch Catherine ist an diesem Tag nicht gekommen.

Er tritt an das Geländer, schaut auf die Straße. Alles still. So mag die Welt nach einem Atomschlag aussehen. Nur auf dem Balkon des Hauses nebenan rührt sich etwas. Wie immer. Es ist die Nachbarin, die alle halbe Stunde Textilien ausschlägt. Nachts sieht er manchmal, wie sie sich Gummihandschuhe überstreift und die Mülleimer kontrolliert. Verrückt.

„Vielleicht bin ich es in vier Wochen auch", denkt Degenhardt. „Habe auch einen Tick. Aber dann sollte es wenigstens ein nützlicher sein. Ich werfe vom Balkon aus alle Flaschen über die Straße weg in den verwilderten Hang. Flaschenpost.

Dann wird meine Dunkelkammer etwas leerer."

Die Stille draußen ist gespenstisch. Nur ab und zu heult ein Hund.

7

Er weiß um die Gefahr. Einsamkeit ist tödlich. Das ist soziologisch bewiesen. Tödlich ist die Einsamkeit inmitten der sogenannten Zivilisation. Die andere Einsamkeit aber nicht. Die auf einer Almhütte oder die im Wald. Da wird man mit der Zeit ganz ruhig. Aber es ist verboten, sich im Wald eine Hütte zu bauen.

Warum ist Deutschland so ein komisches Land? Irgendwie sediert. Sicher, es gibt auch Inseln der Geselligkeit. Campingplätze, Areale, wo sich Leute ein Tiny-House hinstellen, um der Totenstille ringsum zu entgehen. Vielleicht funktionieren kleine Dorfgemeinschaften noch, wo jeder jeden kennt. Und Heimat ist da, wo man bei einem Gang über den Friedhof weiß, wer da liegt.

Er wischt die Erinnerung an seine Zeit in Thailand weg, als er für ein paar Monate mal am River Kwai wohnte. Da zogen Tanzboote an der Hütte vorbei, mit Lampions geschmückt. Musik und Lachen drangen zu ihm herüber. Und dann war die Nacht warm und geheimnisvoll. Ab und zu hörte man den Ruf des Geckos. Und in der Hängematte, die über die Terrasse der Hütte gespannt war, schlief eine Frau.

Was er jetzt draußen sieht, ist langweilig, banal, tot.

Mitten in der Nacht fährt er den Computer hoch. DatingCafe. Vielleicht hat schon jemand geschrieben. Aber da ist bei den Nachrichten nur Schrott gelandet. „Karla, 21, verwöhnt den älteren Herrn!" Das Internet ist ein Haifischbecken.

Die ganze Nacht ist er wach. Mit den Kronkorken auf dem Teppich könnte man Dame spielen. Und dann um vier Uhr kommt doch noch eine Nachricht. Irina Ermatova.

„Hallo, Felix! Wir sind so weit von einander entfernt, da bleibt uns nichts anderes übrig, als zuerst zu telefonieren. Hier ist meine Telefonnummer: 030/2863... Einen schönen Gruß, Irina."

Sie kann also auch nicht schlafen. Eine erste Gemeinsamkeit. Aber anrufen geht jetzt nicht. Das wird er auf den nächsten Abend verschieben. Die Mail ist ein kleiner Trost in einer öden Nacht, denn von Lena hört er nichts. Kein Wunder, wenn er sie mit seinen SMS verprellt. Er bereut die in der Wut und Enttäuschung verschickten Nachrichten, er sei mit Marie an die Nordsee gefahren und Catherine habe sich als warmherzige Freundin erwiesen. Man sollte sich mit so einem dummen Zeug zurückhalten. Der Wahrheit entspräche: Mit Marie, das ist schon länger her, und Catherine versorgt mich nur mit Essen und Getränken. Er hätte einfach schweigen sollen. Oder aber schreiben: „Ich hoffe, es geht dir gut." Aber bei ihm brodelt im ersten Wirbel der Gefühle etwas Infantiles, wie bei einem Kind, das sich an seiner Mutter rächen will.

Die Tage zählt er nicht mehr, achtet auch nicht auf das Datum. Die Zeit ebnet sich ein. Vielleicht kann man sich an das Gleichmaß der Langeweile gewöhnen, wird mit der Monotonie vertraut, stumpft ab. Aber so abgestumpft ist er noch nicht, denn er kann nicht vergessen, was ihm fehlt.

8

Eine seltsame Beobachtung macht Degenhardt. Eigentlich ist sie nicht seltsam. Normale Menschen wissen das. In der Zeit mit Lena hat er gelesen, Schach gespielt und vieles mehr. Jetzt macht er nichts mehr. Er liest nicht. Das Schachbrett setzt Staub an. Er ist apathisch geworden, sitzt oder liegt auf dem Sofa, zappt sich durch die Fernsehkanäle. Was er alles gesehen hat, weiß er am nächsten Tag nicht mehr zu sagen. Er erinnert sich nicht. So sinnlos war es. Die ganzen Filme, Comedys, Reportagen. Substanzloser Zeitvertreib. Mehr nicht. Er hat nicht in die Ferne gesehen. Es ist eher, als hätte man ihm etwas aufs Auge gedrückt. Woran liegt diese Lustlosigkeit? fragt er sich. Woher kommt diese Apathie? Es kann nur so sein, dass Lena ihm die Atmosphäre und Umgebung geschaffen hat, in der er sich wohlfühlte und all den Dingen nachging, auf die er Lust hatte. Ohne sie ist er wie ein Fisch, den man aus dem Wasser gezogen hat.

Er hatte das als zu selbstverständlich genommen. Man denkt beim Atmen ja auch nicht über die Luft nach. Wie wichtig sie ist, merkt man erst, wenn sie fehlt. Mit der Selbstverständlichkeit sollte man also behutsam umgehen. Das heißt, überlegte er, dass ich mir jeden Tag sage: „Wie gut, dass sie da ist. Und natürlich bedeutet das nicht, dass sie jeden Tag bei mir sein muss oder ich bei ihr. Dann würde es zum Zwang. Diese eigentlich simplen Dinge, lieber Felix, musst du dir klarer ins Bewusstsein rücken. Du kannst sie ja nicht dazu verpflichten, an deiner öden Krankenhausgeschichte teilzunehmen. Recht hat sie! Wenn du abhaust und das Handy ausschaltest. Sieh doch einmal alles aus ihrer Perspektive!

Das Reden nicht verweigern. Streiten können, ohne dass irgendwann die Möbel aus dem Fenster fliegen. Zuhören. Nicht beleidigt sein und flüchten. Du, lieber Felix, neigst zur Überreaktion. Und die führt zur Katastrophe. Du kannst nicht mehr mit ihr reden. Sie ist weg. Zu Recht. Sie ist in Marokko. Du aber hockst hier und führst die Existenz eines Idioten. Das ist die Konsequenz deines kindischen Handelns. Die Strafe.

Wenn wieder so etwas passiert, du dich beleidigt oder provoziert fühlst und das Gespräch einen nicht weiterbringt, dann geh eine Stunde spazieren. Überlege dabei, wie schön es doch ist, dass es sie gibt und wie öde das Leben ohne sie wäre. Du wirst sehen, der Sturm deiner Entrüstung legt sich, der Wind dreht sich und bringt dich sicher in den Hafen zurück. Jetzt aber, du Kindskopf, hat der Sturm dich auf das Meer hinausgetrieben. Du treibst in einem Boot, dem jede Ausrüstung fehlt. Das Segel, das Ruder, der Kompass. Du hast dich den Wellen hingegeben, einer unbekannten Strömung. Dass sie dich irgendwo an Land spült, ist ungewiss."

9

Die Stille in der Wohnung ist unerträglich. Deshalb läuft Tag und Nacht der Fernseher. Degenhardt hätte sich bei amazon auch Alexa kaufen können. Dann hätte er jemanden zum Reden. Die antwortet ruhig und freundlich. Die antwortet immer. Vielleicht fragt sie auch, wenn man sie einschaltet: „Wie geht es dir heute?"

Sagst du „gut", antwortet sie: „Das freut mich." Sagst du „geht so", wirst du hören: „Ich habe feine Rezepte. Such dir was aus.

Italienisch, griechisch, asiatisch. Was möchtest du?" Sagst du „es geht mir heute schlecht", bekommst du den wunderbaren Rat: „Der nächste Arzt in deiner Nähe befindet sich in der Koblenzer Straße."

Man kann also mit Alexa reden. Sie weiß viel. Sie ist auch sehr anspruchslos. Du kannst sie überall hinstellen. Sie ist auch mit einem Platz auf der Fensterbank zufrieden. Sie ist die perfekte Partnerin. Pflegeleicht. Sie schweigt, wenn du willst. Sie redet, wenn du willst. Sie meckert nicht, zickt nicht, macht keine Vorwürfe. Du kannst sie sogar, wann immer du willst, mit ins Bett nehmen. Vielleicht haben zukünftige Modelle einen Temperaturregler, so dass es unter der Decke heiß wird. Dann brauchst du keine Wärmflasche.

Dein Leben wird viel leichter, angenehmer als mit einer richtigen Frau. Alexa geht dir auch nicht laufen. Eine wunderbare Ruhe überkommt dich. Du kannst ihrer sicher sein. Du musst ihr auch nichts kaufen, keine Blumen schenken. Sie fragt dich auch nicht: „Wo warst du? Warum kommst du erst jetzt?" Du hast keinen Streit mehr, keine Auseinandersetzung. Du kannst sie, wenn dir danach ist, zu Spaziergängen mitnehmen. Mit ein wenig Platz neben dir auf der Parkbank ist sie zufrieden. Du kannst mit ihr, wann immer du möchtest, in die Kneipe gehen. Sie wird dich nicht ermahnen: „Hör auf, es ist genug!" Fragst du sie nach dem zehnten Bier: „Alexa, was soll ich jetzt trinken?" unterbreitet sie dir eine große Auswahl an Möglichkeiten. Sogar Milch ist dabei. Aber die willst du natürlich nicht. Macht sie ihr Angebot an Getränken, sagst du bei Whisky: „Stopp, das ist es!" Und jetzt entfaltet Alexa ihr ganzes Wissen. Irisch, schottisch, amerikanisch usw. Hast du eine Sorte ausgewählt, kannst du zu dem Getränk eine kundige Gesprächspartnerin haben. Fragst du zum Beispiel: „Wer außer mir hat noch Whisky getrunken?", so antwortet sie: „Ernest Hemingway." Sie bleibt dabei nicht einsilbig, sondern erzählt dir, ohne dass du sie dazu auffordern musst, wann er geboren wurde, wo er gelebt hat, wie lange er gelebt hat und sie kann dir alle seine Werke nennen. Dass er sich erschossen hat, erzählt sie mit angemessen ruhiger Stimme. Du musst beim Trinken also nicht still an der Theke hocken und vor dich hinstarren. Du hast eine angenehme Plauderin neben dir und kein Weib, das dich vom Hocker zieht und nach Hause zerrt. So etwas macht Alexa nicht. Wann immer du aufhören willst, hörst du auf. Hast du in deiner Trunkenheit den Weg nach Hause vergessen, kannst du sie fragen: „Alexa, wo wohne ich?" Sie weiß, wo du wohnst. Sie kann dir sogar die GPS-Koordinaten nennen. Du siehst also: Alexa hat große Vorteile und macht dir das Leben angenehm.

10

Seit zwei Tagen ist Degenhardt beim DatingCafe angemeldet. Jetzt liegt er nicht mehr nur auf dem Sofa und zappt sich durch die Fernsehkanäle. Jetzt sitzt er vor dem Computer, beantwortet Mails, studiert Profile. Zehn Frauen haben ihm geschrieben. „Hallo, Aladin, dein Foto gefällt mir. Wenn du möchtest, können wir miteinander telefonieren. Hier ist meine Telefonnummer." So oder so ähnlich lauten die Nachrichten. Wie weit weg die Frauen wohnen, kann man bei ihrem Profil erkennen. Da ist die Entfernung von Bad Breisig angegeben. Die meisten wohnen in einer Entfernung von über hundert Kilometern. Nur eine ist dicht bei ihm in Bad Bodendorf. Miriam heißt sie.

Degenhardt klickt sich in ihr Profil. 64 Jahre, eine hübsche, schlanke, flotte Blondine.

Alle zehn wird er nicht anrufen. Nur Miriam. Und auch Irina. Aber als höflicher Mensch bedankt er sich im DatingCafe per Mail bei allen für die Zuschrift. Was die Auswahl betrifft: Er hat schon einen Blick dafür bekommen, wo es ein entspanntes Gespräch geben könnte und wo nicht. Das sieht er nicht nur auf dem Foto, sondern auch beim Profiltext. Findet sich da „mein Partner muss mit beiden Beinen im Leben stehen und eine starke Frau ertragen", kann man es vergessen. Es ist zu anstrengend. Er steht nicht mit beiden Beinen im Leben. Er hängt in der Luft beziehungsweise an der Flasche. Und er will sich auch nicht auf Städtereisen jagen lassen, jeden Abend Konzerte besuchen oder ein Theater. An einer gemeinsamen Kreuzfahrt ist er auch nicht interessiert. Ebenso wenig an einer Kraxelei auf hohe

Berge. Was wegen seines Herzens sowieso nicht mehr geht.

Er will nur telefonieren. Irina ist weit entfernt. Für ein Rendezvous wird er nicht nach Berlin fliegen. Aber Miriam wohnt sozusagen um die Ecke. Könnte das gefährlich werden? Er will Lena nicht betrügen. Aber die ist ja weg. Ob er sie jemals wiedersieht, weiß er nicht. Was ist schon dabei, die paar Kilometer nach Bad Bodendorf zu fahren und eine Tasse Kaffee zu trinken? Falls es jemals dazu kommen sollte.

Beim Profil ist auch das Sternzeichen angegeben und ob jemand raucht oder nicht. Miriam ist ein rauchender Zwilling. Da erspart man sich schon mal eine Menge an Stress. Und Zwilling und Wassermann, das passt auch.

Aber wie soll das gehen? Sie hat von ihm ein Foto von vor fünf Jahren. Jetzt würde sie sich erschrecken, wenn sie ihn sieht. Degenhardt wischt die Gedanken weg. Er will ja nur telefonieren. Schlägt sie ein Treffen vor, kann er es mit irgendwelchen Ausreden verschieben oder absagen. Bis Miriam wirklich zu einer Gefahr und Versuchung wird, das ist ein weiter Weg. Außerdem wird sie nicht nur

ihn angeschrieben haben, sondern auch
noch attraktivere Konkurrenten. Aber ob
die alle so nah wohnen? Zu der Tasse
Kaffee könnte es kommen. Und der Alters-
unterschied? Sechs Jahre. Scheint ihr nichts
auszumachen, dass bei ihm schon die
Sieben als erste Ziffer steht.

Endlich bekommt er wieder ein wenig
Appetit. Er ruft beim Breisiger Chinesen
an und bestellt sich Hühnerfleisch mit
Curry, scharf, und ein Sixpack Tsingtao-
Bier.

11

Vom analytischen Verstand her kann er
Lena nichts vorwerfen. Aber vom Gefühl
her steigt immer wieder diese Bitterkeit
auf, dass er allein gelassen wurde. Er
kommt dagegen nicht an. „Wie kann sie
nur so einen Fehler machen?" denkt er
manchmal. Er versteht es nicht.

Gegen Mittag ist er runter zum
Briefkasten gegangen. Arztrechnungen.
Als er die Treppe hoch geht, bemerkt er: So
leicht wie früher geht es nicht mehr. Das
Herz schlägt schneller, der Atem
beschleunigt sich. Also stimmt tatsächlich
etwas nicht. Er hat es ja auch bei der

Dopplersonografie, die der Kardiologe gemacht hat, auf dem Bildschirm gesehen. Die Mitralklappe. Sie schließt nicht richtig. Da kommt man nicht um eine Operation herum. Er müsste eigentlich aufhören mit dem Saufen und mit dem Rauchen. Degenhardt ist auf einem mörderischen Trip. Wie kommt man davon los? Er weiß es nicht. Hätte ihm Lena dabei helfen können? Aber muss man nicht eher alleine damit fertig werden? Wenn er nachts wenigstens den Trost an ihrer Haut gehabt hätte! Er fürchtet sich vor dem Schlaf, schiebt ihn auf. Nur ab und zu gelingen Phasen, aus denen er bald wieder hochschreckt, als laufe er Gefahr, abzutauchen in Tiefen, aus denen man nicht mehr erwachen kann. Wohin führt das alles? Bringen die Ablenkungsversuche mit dem DatingCafe etwas?

Plötzlich wird er auch hier mutlos. Er kann nicht den Sunnyboy am Telefon spielen. Er ist jetzt alles andere als ein ‚sunshine mooded guy'. Er lässt es. Er wird nicht anrufen. Er müsste den Frauen etwas vorspielen, was er nicht ist. Was wirklich ist, kann er nicht sagen. Das wollen sie nicht hören. Danach sind sie nicht auf der Suche. Die Idee, weibliche

Stimmen vernehmen zu wollen, war Unsinn. Sie erleichtert seine Lage nicht. Eher im Gegenteil.

Er sieht sich in seiner Wohnung um. Wenn er so weitermacht, geht es in den Zustand der Verwahrlosung. Die Kronkorken liegen immer noch auf dem Teppich. Die Aschenbecher quillen von Kippen über. In der Küche stehen Teller und Töpfe ungespült herum. In der Dunkelkammer stapeln sich die Flaschen. Im Schlafzimmer ein Durcheinander an abgelegten Hosen, Hemden, Pullovern. In das Bett hat er sich immer in voller Kleidung gelegt, manchmal sogar mit Schuhen. Wozu sich auch ausziehen, wenn man alleine ist?

Wenigstens irgendwo anfangen. Er sammelt die Kronkorken auf. Das ist noch das einfachste.

Dann geht er in die Küche, fängt an zu spülen. Er leert die Aschenbecher, bringt den ganzen Abfall nach unten in die Mülltonne. Aber wie soll er es schaffen, die Dunkelkammer zu leeren? Kann er überhaupt noch fahren?

Er holt seinen Wagen aus der Garage. In großen Taschen schleppt er die Flaschen nach unten, verstaut sie im Kofferraum und auf dem Rücksitz. Alles passt nicht hinein. Er wird zweimal fahren müssen. Es sind nur 500 Meter. Die Glascontainer stehen am Rand des Friedhofs. Die Flaschen müssen weg. So will er sich nicht von der Welt verabschieden, falls man ihn nach irgendeiner Zeit in der Wohnung findet. Die Aktion erschöpft ihn, dass er etwas Zeit braucht, um wieder zu Kräften zu kommen. Liegt das am Saufen oder an der Mitralklappe?

Bewegen muss er sich. Gehen, gehen, gehen. Die Muskeln sind ja schon verkümmert, als hätte er ein halbes Jahr im Bett gelegen. Gehen, aber wohin?

12

Die Marienkirche fällt ihm ein. Unten im Ort. Kirchen hat er immer gerne besucht. Vor allem romanische. Mit ihren harmonischen Rundbögen gefallen sie ihm. In die Kirche geht er nur, wenn sie leer ist und still. Das ist eine andere Welt als der Lärm da draußen. Da beruhigt sich die Seele.

Es ist später Nachmittag. Regen. Wieder Regen. Er nimmt seinen Schirm, geht die

Treppe hinab, tritt aus dem Haus, geht nach rechts die Straße entlang, an den Autos vorbei, an den Häusern, geht auf einem abschüssigen Weg nach unten, wo die Kirche ist.

Das Portal ist noch auf. Er tritt ein, weiß auch, wohin er gehen will. Er liebt Marienfiguren. Vor allem die ‚schönen Madonnen'. Sie stammen aus dem hohen Mittelalter, sind voller Anmut, Wärme, Mütterlichkeit, Zuwendung, Liebe. Genau das, denkt er, ist der große Fehlbetrag unserer Zeit.

Das Kind auf ihren Armen scherzt, spielt, greift nach Trauben oder einem Apfel. Wahrscheinlich ist er selbst so ein Kind und hat noch nicht begriffen, dass er diesem Alter schon entwachsen sein sollte.

Lange bleibt er vor der Marienfigur stehen, sieht sie an. Dann lächelt er und sagt: „Okay, Mary!"

Auf dem Weg zum Ausgang kommt er an der Pietà vorbei, an der schmerzens-reichen Darstellung. Da liegt der Gekreuzigte auf ihren Knien. Auch hier bleibt er stehen. Das ist der Bogen des Lebens. Vom scherzenden Knaben zum Tod. Langsam geht er den Weg zurück zu seiner Wohnung. Bergauf muss er alle paar

Meter eine Pause machen. Der Pfad ist steil. Aber schließlich hat er es geschafft und kommt in seiner Wohnung an. Eine Weile bleibt er vor dem Kühlschrank stehen. Er öffnet ihn nicht.

13

Keinen Alkohol mehr! Jetzt kommt es auf ein klares Bewusstsein an. Er geht in der Wohnung umher, räumt hier und da noch etwas auf. Der Wahnsinn ist vorbei.

Seltsam auch, wie das Zittern weniger und der Gang sicherer geworden ist. So geht er in der Abenddämmerung durch den Wald bis Rheineck und wieder zurück.

Den Fernseher lässt er am Abend aus. Was hat er mit dieser virtuellen Welt zu schaffen? Nichts! Sagt die Moderatorin: „Guten Abend! Ich begrüße Sie zur Tagesschau." kann er ihr nicht antworten.

Bis zum Anbruch der Nacht sitzt er auf dem Balkon. Der Regen hat sich verzogen. Hier und da reißt der Himmel auf. Einzelne Sterne blinken zwischen den Wolken. Es ist mild an diesem Tag im Oktober.

Und endlich wieder Schlaf, der nur einmal unterbrochen wird. Da steht er auf, tritt noch einmal auf den Balkon und blickt nach oben, wo im Nordwesten der Große Wagen mit seinen sieben Sternen steht. In der fünffachen Verlängerung der hinteren Achse erkennt er den Polarstern.

Nach Neuss fährt er nicht zurück. Er hat sich etwas Persönlicheres ausgesucht. Etwas Intimeres. Etwas, das an Thomas Manns ,Zauberberg' erinnert. Eine kardiologische Villa bei Bad Neuenahr. Hier wird man alles abklären. So kann er auch der tödlichen Einsamkeit entfliehen. Hier wird er Gespräche und Kontakte haben. Und eine bestätigte oder widerlegte Diagnose. Ist die Klappe wirklich defekt oder war es nur eine nervöse Störung? Eine Klappe könnte ja auch mal verrückt spielen. So ein Herz ist kompliziert.

14

Ein paar Tage später ist er in der kleinen Klinik, die eher an ein gemütliches Hotel erinnert. Wellness auf allen Ebenen. Er hat ein Einzelzimmer mit Balkon. Zu den Mahlzeiten trifft man sich im Restaurant der Villa. Die Gespräche mit den Schwestern tun ihm gut. Sie haben Zeit und sind freundlich. Von Stunde zu Stunde geht es ihm besser.

Schön sind die Treffen mit Nachtschwester Monica. Gemeinsam gehen sie nachts nach draußen, um vor der Kliniktür eine Zigarette zu rauchen. Dazu hat sie ihm einen Trick gezeigt. Ab 23 Uhr kommt man nur zur Tür raus, aber nicht wieder hinein. Um die Tür offen zu halten, klebt sie ein Pflaster auf das Auge der Lichtschranke. Die Pflaster liegen im Foyer auf einem Tisch neben der Heizung.

Die Gespräche mit ihr empfindet er als warmherzig, wohltuend, angenehm. Manchmal kommt sie auch nachts in sein Zimmer. Er trägt ein Gerät, das seine Herzfrequenzen auf einen Monitor überträgt, den sie im Schwesternzimmer beobachtet. Löst sich an seinem Körper eine Elektrode, dann kommt sie, befestigt sie neu. Er mag es, wenn ihre Hände seine Brust berühren.

Die Diagnose verändert sich etwas. Jetzt ist es nach der Dopplersonografie nicht mehr NYHA III, nicht mehr die vorletzte Stufe, sondern nur noch I-II. Aber undicht ist die Klappe immer noch und wird es wahrscheinlich auch bleiben, wenn er nichts unternimmt.

Er ist für weibliche Zuwendung sehr empfänglich geworden. Er sehnt sich danach. Man kommt in der Villa leicht ins Gespräch. Kummer verbindet.

Sonja ist neu. Sie sucht das Schwesternzimmer. Er zeigt es ihr. Später gehen sie eine ganze Stunde durch den Park. Sie ist ein paar Jahre jünger als er. Seit ihr Mann gestorben ist, hat sie nächtliches Herzrasen. Selten war Felix Degenhardt so gesprächig. ,Gesprächig' stimmt so nicht. Meistens hört er zu. Aber das ist eben auch ein Teil des Gesprächs.

Ungewöhnlich an Sonja ist, dass sie immer eine schwarze Baseballkappe auf ihrem Haar sitzen hat. Hinten wippt ein lustiger, blonder mit einem Haargummi umwickelter Ponytail, aus dem sie manchmal einzelne Strähnen herauszieht. Die Kappe trägt sie auch im Restaurant bei den Mahlzeiten. Ungewöhnlich auch der lange Rock. Mit seinen Ornamenten erinnert er an Vintage-Eleganz. „Sweet!" denkt er. Die anderen Frauen laufen in Hosen oder Trainingsanzügen herum.

Nachts kommt sie zu ihm. Dann rauchen sie, was verboten ist, eine

Zigarette auf seinem Balkon. Auf ihrem geht das nicht. Er kann eingesehen werden. Seiner liegt als einziger südlich, über dem Eingang der Villa.

Sonja sucht seine Nähe. Er ist dankbar dafür. Sie dämpft die Bitterkeit, die er immer noch hat, wenn er an Lena denkt.

An einem Morgen liegt Raureif. Der Rasen im Park ist weiß. Es ist kalt geworden. Jetzt treffen sie sich in einer Nische des Restaurants, erzählen weiter.

Jetzt erzählt er ihr auch von seiner Flucht aus dem Krankenhaus und dass seine Freundin nach Marokko geflogen ist. Sie lächelt, sieht ihn an und sagt: „Dahinter verbirgt sich für dich nur eine neue Chance."

Mit Sonja einen Neuanfang wagen? Sie hat ihm längst schon zu verstehen gegeben, dass er ihr Herz beruhigen könnte.

Geht es ihm jetzt wie vor über 200 Jahren dem jungen Goethe? Der war im Liebeskummer von Wetzlar aus die Lahn entlang dem Rhein entgegen gewandert und in Vallendar Maximiliane begegnet.

„Es ist eine sehr angenehme Empfindung, wenn sich eine neue Leidenschaft in uns zu regen anfängt, ehe die alte noch ganz verklungen ist."

Wäre es aber nicht besser, nach einem Brief des Paulus zu handeln?

„Die Liebe ist langmütig und freundlich, die Liebe eifert nicht, die Liebe treibt nicht Mutwillen, sie lässt sich nicht erbittern."

Seine Bitterkeit gegenüber Lena ist verflogen. Liegt das an der Liebe oder an Sonja? Hat ihn die Möglichkeit einer Alternative von den Fesseln der Bitterkeit befreit? Oder ist es nicht eher so, dass man die Liebe nicht einfach abschalten kann? Lena ist ihm vertraut. Irgendwann wird sie zurückkehren. Horcht er tief in sich hinein, so neigt sein Herz sich Lena zu. Er spürt die Sehnsucht, sie wiederzusehen, sie in den Arm zu nehmen. Dieses Gefühl wird stärker und stärker, bis es ihn ganz durchströmt. Er wird die kardiologische Villa so bald wie möglich verlassen. Die Diagnose ist gestellt. Die Würfel sind gefallen. In einer Klinik muss die Mitralklappe repariert werden. Damit sein Herz noch stark und lange für Lena schlägt.

Veröffentlichung von Romanen und Erzählungen. Publikationen zum Jakobsweg und auch anderen Pilgerwegen u.a. ‚Via Hildegardis'. 1996 Förderpreis zum Literaturpreis Ruhrgebiet. 2000 erschien im Leipziger Militzke-Verlag mit ‚Pandoras Schatten' der erste Roman.

Website: www.ruediger-schneider.com